Schmied und Teufel

Wilhelm Busch

copyright © 2023 Culturea éditions
Herausgeber: Culturea (34, Hérault)
Druck: BOD - In de Tarpen 42, Norderstedt (Deutschland)
Website: http://culturea.fr
Kontakt: infos@culturea.fr
ISBN:9791041909490
Veröffentlichungsdatum: FEBRUAR 2023
Layout und Design: https://reedsy.com/
Dieses Buch wurde mit der Schriftart Bauer Bodoni gesetzt.
ER WIRT MIR GEBEN

Ein kleiner Teufel, bös und frech,
Kommt aus der Hölle, schwarz wie Pech.

Der Schmied tut sich entsatzen,
Der Teufel will ihn kratzen.

Durch eine hohle Tonnen
Ist ihm der Schmied entronnen.

Der Schmied sitzt bei der Schraube,
Der Teufel zupft die Haube.

Der Teufel nähert der Klammer sich:
Ja, siehst du wohl! Da hat er dich!

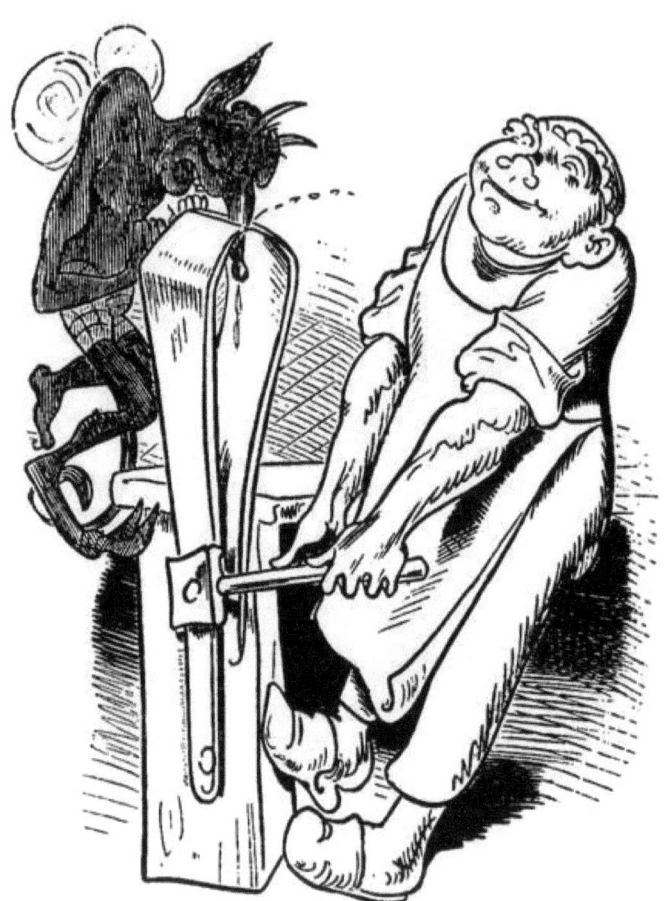

Er faßt ihn mit der Zange,
Dem Teufel wird es bange.

Er legt ihn über den Amboß quer,
Au, au! Da schreit der Teufel sehr.

Der Schwanz wird abgekniffen,
Der Teufel hat gepfiffen.

Er heult und fährt zur Hölle nieder:
»Das sag' ich meiner Großmutter wieder!!«